LE POST-SCRIPTUM

Émile Augier

Edition : Culturea (culurea.fr), 34 Hérault
Contact : infos@culturea.fr
Impression : BOD, Norderstedt (Allemagne)
ISBN : 9791041972074
Date de publication : juillet 2023
Mise en page et maquettage : https://reedsy.com/
Cet ouvrage a été composé avec la police Bauer Bodoni

Personnages :

– Monsieur de Lancy

– Madame de Verlière

la scène est à Paris, de nos jours.

Un boudoir élégant. Deux portes au fond, dans des pans coupés. À droite, une cheminée. Au milieu, une table.

SCÈNE 1 : MADAME DE VERLIÈRE, en robe de chambre, les cheveux poudrés. elle est assise dans une bergère, au coin de la cheminée, coupant les feuillets d'un livre. MONSIEUR DE LANCY, entre par la porte de droite.

M. DE LANCY *(sur la porte)* : Pardon, chère voisine, c'est moi. Ne grondez pas votre caméristе, elle m'a déclaré de son mieux que vous n'y étiez pour personne ; mais je lui ai fait observer qu'un propriétaire n'est pas quelqu'un : ce raisonnement l'a subjuguée. Maintenant, faut-il que je m'en retourne ?

MME DE VERLIÈRE : Vous êtes bien heureux que ce soit vous !

M. DE LANCY : Ce livre est donc bien intéressant ?

MME DE VERLIÈRE : Je n'en sais rien : je le coupe. Puisque vous voilà, mon cher Lancy, vous m'aiderez à attendre, car j'attends.

M. DE LANCY *(remarquant qu'elle a les cheveux poudrés)* : Qui ? Le carnaval ?

MME DE VERLIÈRE : Ô mon Dieu, non. Je ne serais pas poudrée de si bonne heure pour le bal, je vous prie de le croire.

M. DE LANCY : Alors ?

MME DE VERLIÈRE : Quel est donc ce mystère, n'est-ce pas ? Je ne veux pas avoir de secrets pour vous : on m'a mis ce matin de l'eau athénienne, et on m'a poudrée pour sécher mes cheveux. Êtes-vous satisfait ? - À propos, je vous remercie de votre bourriche. Vous êtes le roi des chasseurs et le modèle des propriétaires.

M. DE LANCY : Va pour le premier compliment ; mais le second tombe mal.

MME DE VERLIÈRE : Vous m'inquiétez. Voudriez-vous m'augmenter, par hasard ?

M. DE LANCY : Pis que cela. Je viens vous signifier congé.

MME DE VERLIÈRE : Est-ce une plaisanterie ?

M. DE LANCY : Hélas ! l'homme du monde ne se fût pas permis de forcer votre consigne ; tant d'audace n'appartenait qu'à l'homme d'affaires.

MME DE VERLIÈRE : Et l'homme d'affaires ne pouvait-il pas attendre jusqu'à demain ?

M. DE LANCY : Impossible. D'après notre contrat, nous devons nous prévenir mutuellement six mois d'avance ; or le terme fatal expire aujourd'hui, et demain, vous entreriez de plein droit dans la seconde période de votre bail, ce qui me contrarierait prodigieusement.

MME DE VERLIÈRE : Voilà parler en franc chasseur.

M. DE LANCY : En homme des bois, si vous voulez.

MME DE VERLIÈRE : Vous n'y allez pas par quatre chemins.

M. DE LANCY : Peut-être.

MME DE VERLIÈRE : Le peut-être est joli. - Et peut-on savoir ce qui vous oblige à me congédier ? Car vous avez une raison, je suppose.

M. DE LANCY : Excellente ; avez-vous le temps de m'écouter ?

MME DE VERLIÈRE : Je l'aurai, quand je devrais le prendre ; j'avoue qu'il me sera agréable de vous trouver une bonne excuse, car je serais fâchée de vous rayer de mes papiers.

M. DE LANCY : C'est tout un récit, je vous en préviens.

MME DE VERLIÈRE : Faites-m'en toujours le plus que vous pourrez, quitte à remettre la suite à demain si l'on nous interrompt.

M. DE LANCY *(s'asseyant près de la table)* : Je commence. Orphelin à vingt-quatre ans...

MME DE VERLIÈRE : Ah ! ah ! votre biographie ? Pourquoi sautez-vous par-dessus votre enfance ?

M. DE LANCY : Parbleu ! si vous y tenez, je reprendrai les choses de plus haut encore, ab ovo, comme Tristram Shandy... d'autant mieux qu'il y a dans ma nativité, comme dans la sienne, une histoire de pendule.

MME DE VERLIÈRE : Merci bien, alors.

M. DE LANCY : N'ayez pas peur. Ma mère m'a souvent raconté qu'elle avait dans sa chambre une ancienne horloge à carillon, et qu'au moment où je vins au monde l'horloge me souhaita la bienvenue en carillonnant joyeusement midi, ce qui parut d'heureux augure à toute l'assistance. Et de fait, j'ai gardé de ma naissance un fonds de bonne humeur dont la vie n'a pas encore pu triompher. Il est vrai que j'ai une santé athlétique, mauvaise disposition pour la mélancolie.

MME DE VERLIÈRE : Mais excellente pour l'égoïsme ; prenez garde.

M. DE LANCY : Ne croyez donc pas cela. Il n'y a de vraiment bons que les gens bien portants. Égoïste comme un malade... Vous devez en savoir quelque chose, vous qui avez si bien soigné feu votre mari.

MME DE VERLIÈRE : Hélas ! c'est vrai.

M. DE LANCY : À vingt-quatre ans, donc, maître d'une belle fortune et porteur d'un nom honorable...

MME DE VERLIÈRE : Vous vous empressiez d'écorner l'une...

M. DE LANCY : Et de compromettre l'autre ? Que nenni ! La passion de la chasse m'a préservé des passions ruineuses ; j'ai toujours eu horreur des cartes, et, sans me donner pour un héros aussi chaste, à beaucoup près, que le farouche Hippolyte, je puis me vanter...

MME DE VERLIÈRE : Pas de détails, je vous en conjure.

M. DE LANCY : Le strict nécessaire. - Je puis me vanter d'avoir passé ma vie à la poursuite de la femme honnête. Je l'ai d'abord cherchée, comme tous les débutants, dans le camp des irrégulières, et j'ai payé un large tribut à la manie de la rédemption. Mais, après avoir racheté pour quelque cent mille francs d'anges déchus, je me suis aperçu que les vierges folles sont encore moins folles que vierges, si c'est possible, et que le racheteur n'est pour elles qu'un acheteur plus naïf.

MME DE VERLIÈRE : C'est plein d'intérêt... Continuez.

M. DE LANCY : Désenchanté de ces aimables commerçantes, je transportai mes investigations dans le monde régulier. Ah ! madame, pour un échappé des amours vénales, quelle ivresse dans la possession d'un cur qui se donne en immolant tous ses devoirs ! Le malheur, c'est que je finissais toujours par m'attacher au mari, le trouvant incomparablement plus honnête que la femme, et je reconnaissais alors qu'il n'y a pas un abîme entre celles qui nous trompent pour un autre et celles qui trompent un autre pour nous... Sans compter que ces fameux devoirs dont on nous fait sonner si haut le sacrifice, sont la plupart du temps des victimes parfaitement habituées à l'autel. - Je ne vous ennuie pas trop ?

MME DE VERLIÈRE : Jamais trop, mon ami.

M. DE LANCY : Mais assez. J'abrège donc. Le résultat de mes expériences fut cette vérité oubliée par M. de la Palisse, que la seule chance qu'on ait de posséder une honnête femme, c'est de l'épouser soi-même. - Malheureusement, j'avais passé l'âge où l'on se marie les yeux fermés ; il ne me restait plus que le mariage de raison... et c'est fièrement difficile, allez, de rencontrer une femme qu'on ait raison d'épouser. Mais à la fin je crois avoir trouvé mon lot.

MME DE VERLIÈRE : Ah ! tant mieux !

M. DE LANCY : Un moment ! je ne suis pas encore agréé.

MME DE VERLIÈRE : Vous le serez, mon ami ; il est impossible que vous ne le soyez pas, car vous êtes un homme charmant, malgré ce vilain procédé... que nous perdons un peu de vue.

M. DE LANCY : Au contraire, nous y arrivons. Comme garçon, je pouvais me contenter de mon entresol ; en montant d'un grade, il faut aussi que je monte d'un étage.

MME DE VERLIÈRE : Je comprends. C'est madame de Lancy que vous voulez installer dans mon appartement.

M. DE LANCY *(se levant)* : Vous l'avez dit.

MME DE VERLIÈRE : Je vous pardonne en faveur du motif, quoiqu'il soit bien pénible de déménager. Je suis bête d'habitude ; je me plaisais beaucoup ici, je l'avoue.

M. DE LANCY *(appuyé au dossier du fauteuil de madame de Verlière)* : Qu'à cela ne tienne ; restez.

MME DE VERLIÈRE : Et madame de Lancy ?

M. DE LANCY : Elle s'y prêtera volontiers, pourvu...

MME DE VERLIÈRE : Pourvu ?

M. DE LANCY : Pourvu que vous changiez de nom.

MME DE VERLIÈRE : Comment l'entendez-vous ?

M. DE LANCY : En cessant de vous appeler madame de Verlière pour vous appeler madame...

MME DE VERLIÈRE : De Lancy ? Je crois, Dieu me pardonne, que vous m'intentez une demande en mariage !

M. DE LANCY : Franchement, je le crois aussi.

MME DE VERLIÈRE *(se levant)* : Et par quels détours, juste ciel !

M. DE LANCY : Quand vous me reprochiez de ne pas prendre par quatre chemins !

MME DE VERLIÈRE *(debout devant la cheminée)* : Je vous faisais tort de trois. - Ainsi, c'est moi qui ai l'insigne honneur de vous représenter le mariage de raison ! Savez-vous que vous n'êtes pas poli ?

M. DE LANCY : Permettez ; il s'agit de s'entendre sur les mots. Ce que le monde appelle un mariage de raison, c'est-à-dire un mariage où le cœur n'est pas plus consulté que les yeux, où l'on prend une femme dont le plus souvent on ne voudrait pas pour maîtresse, et dont on ne subit la possession qu'à condition qu'elle sera éternelle, je l'appelle, moi, un mariage d'aliéné.

MME DE VERLIÈRE *(passant à gauche)* : À la bonne heure ; mais votre phrase avait besoin de ce commentaire. - Vous êtes un fier original !

M. DE LANCY : En quoi donc ?

MME DE VERLIÈRE : D'abord en tout, et puis en votre façon de faire votre cour.

M. DE LANCY : Qu'en savez-vous ? Je ne vous l'ai jamais faite.

MME DE VERLIÈRE : Première originalité ; mais, aujourd'hui même que vous demandez si singulièrement ma main, j'ai toutes les peines du monde à voir en vous un soupirant.

M. DE LANCY : Parce que je ne soupire pas de mon naturel ; donnez-moi une bonne raison de soupirer, et je m'en acquitterai tout comme un autre.

MME DE VERLIÈRE : Mais êtes-vous bien sûr que vous m'aimez ?

M. DE LANCY : Sûr comme de mon existence.

MME DE VERLIÈRE : Voilà un amour dont je ne me doutais guère.

M. DE LANCY : Et moi, donc ! Il n'y a pas un mois qu'on m'aurait bien étonné en me l'annonçant.

MME DE VERLIÈRE : Comment cela vous est-il venu ? Car je ne suis pas coquette.

M. DE LANCY : Non certes ! - C'est cette cheminée qui est cause de tout le mal, si mal il y a.

MME DE VERLIÈRE : Vraiment ?

M. DE LANCY : Je ne vous connaissais que de vue, ce qui est déjà quelque chose, mais je risquais fort de ne pas vous connaître davantage, car votre deuil m'eût fermé votre porte comme à tout le monde, si cette brave cheminée ne me l'eût ouverte en fumant.

MME DE VERLIÈRE : Elle fume encore par le vent d'est, je vous en préviens.

M. DE LANCY : J'en prends note. À partir de ce jour, je ne rêvai plus que réparations... rêve étrange chez un propriétaire et dont la bizarrerie aurait dû m'éclairer sur la pente où je glissais ! Bref, de fil en aiguille et de fumiste en serrurier je me trouvai un beau jour installé dans votre intimité charmante, respectueusement ému de la simplicité de votre chagrin, pénétré du parfum de loyauté qu'on respire autour de vous, et persuadé que je me livrais innocemment à la douceur de l'amitié la plus désintéressée. Comment et quand cette amitié s'est-elle changée en un sentiment plus vif ? Je ne saurais le dire et je serais peut-être encore à m'apercevoir de la métamorphose si on ne m'avait proposé la semaine dernière un parti des plus sortables. Tout s'y trouvait ; pas une objection à faire ; ajoutez de ma part la résolution d'en finir avec le célibat : je devais accepter tout de suite. Mais à je ne sais quelle révolte de mon cœur j'ai senti que ce cœur vous appartenait tout entier, et voilà huit jours que je tourne autour d'une déclaration avec une timidité digne d'un âge plus tendre. Enfin, l'opération est faite, et je vous prie de croire que je n'en suis pas fâché.

MME DE VERLIÈRE *(remontant derrière la table)* : Mon pauvre ami ! j'ai pour vous une véritable affection ; vous êtes le plus galant homme que je connaisse.

M. DE LANCY : Mauvais début.

MME DE VERLIÈRE : J'ai été dupe de votre amitié comme vous-même, et j'ai la conscience de n'avoir rien fait pour encourager des sentiments dont il ne peut vous revenir que de l'ennui.

M. DE LANCY *(passant à gauche)* : Je ne vous plais pas... je m'en doutais ! J'aurais mieux fait de me taire. Enfin prenez que je n'ai rien dit, et gardez-moi ma place au coin de cette cheminée... qui fume.

MME DE VERLIÈRE : Vous y serez le bienvenu tant que vous consentirez à l'occuper.

M. DE LANCY : Toujours, alors !

MME DE VERLIÈRE : Même si je me remariais ?

M. DE LANCY : Ah ! non, par exemple !... mais vous n'y songez pas, je suppose ?

MME DE VERLIÈRE : Et si j'y songeais ?

M. DE LANCY : Ne me dites pas cela.

MME DE VERLIÈRE : Il faut pourtant bien que vous le sachiez un jour ou l'autre.

M. DE LANCY : Est-ce que vraiment ?... Mais non ! ce n'est pas possible ! Je n'ai rien vu chez vous qui ressemble à un prétendant.

MME DE VERLIÈRE : Chez moi, non ; mais ne vous ai-je pas dit que j'attendais quelqu'un aujourd'hui ?

M. DE LANCY : Je tombe bien !... Ah ! j'étais préparé à tout, excepté à cela.

MME DE VERLIÈRE : N'ayez pas cet air désespéré. Vous avez de mon cur tout ce qu'il en restait à prendre, je vous le jure, et je n'aurais pas grande objection à votre demande si je n'aimais personne. Puis-je vous dire mieux ?

M. DE LANCY : À quoi bon ce baume sur mon amour-propre ? Ce n'est pas lui qui en a besoin. J'aimerais cent fois mieux vous déplaire carrément et que personne ne vous plût. Ah ! vous auriez bien pu garder votre secret ! Si vous croyez me consoler !...

MME DE VERLIÈRE : Non, je crois vous guérir. En pareille matière, il n'est rien de tel que de trancher dans le vif.

M. DE LANCY : Me guérir ? mensonge de médecin alors ? Suis-je simple ! j'aurais dû le deviner rien qu'à votre coiffure.

MME DE VERLIÈRE : Mais je vous certifie...

M. DE LANCY : Que vous attendez un absent bien-aimé ? Et vous auriez choisi précisément le jour de son arrivée pour vous enfariner les cheveux ?

MME DE VERLIÈRE : Permettez-moi de vous raconter à mon tour une petite histoire.

Elle s'assied à droite de la table.

M. DE LANCY *(s'asseyant à gauche)* : Deux maintenant si vous voulez. Vous pouvez vous vanter de m'avoir fait une belle peur.

MME DE VERLIÈRE : Vous connaissez madame de Valincourt ?

M. DE LANCY : Son mari est de mes bons amis.

MME DE VERLIÈRE : Après trois ans de mariage, vous le savez, cette petite femme eut une fièvre typhoïde dont elle sortit avec des cheveux blancs.

M. DE LANCY : Eh bien ?

MME DE VERLIÈRE : Son mari l'adorait. Tant qu'elle fut en danger, c'était un désespoir à croire qu'il ne lui survivrait pas. Elle revient à la vie par miracle...

M. DE LANCY : Ses cheveux blanchissent...

MME DE VERLIÈRE : Ses cheveux blanchissent, et, depuis, monsieur passe toutes ses nuits au cercle. Qu'en dites-vous ?

M. DE LANCY : Dame !

MME DE VERLIÈRE *(se levant sur place)* : Comment, dame ? Vous l'excusez ?

M. DE LANCY *(riant)* : Jusqu'à un certain point. Voilà un brave garçon qui dispute au trépas une brune adorable ; on lui rend une Eurydice poivre et sel !... Il y a évidemment substitution de personne, c'est la seule cause de nullité que reconnaisse le Code ; ne soyons pas plus sévères que lui.

MME DE VERLIÈRE *(à la cheminée)* : Comme vous êtes tous les mêmes ! Soyez donc bonne, intelligente et sincère ; évertuez-vous à vous rendre digne de votre maître futur ; préparez-lui une compagne dévouée, un gardien fidèle de son honneur ; pauvres sottes ! Ce n'est rien de tout cela qui le touche ; c'est la nuance de vos cheveux ou la courbe de votre nez. Devenez coquettes, frivoles, égoïstes, son amour n'en diminuera pas, au contraire ; mais gardez-vous d'un cheveu blanc ou d'un grain de petite vérole, car tout votre bonheur s'écroulerait et votre mari vous dirait tranquillement : « J'en suis bien fâché ; il y a substitution de personne... » Et vous, que j'avais la naïveté de plaindre tout à l'heure !...

M. DE LANCY : Permettez... il n'est pas question de moi dans tout cela mais de Valincourt.

MME DE VERLIÈRE *(revenant à la table)* : Que vous excusez, que vous approuvez, que vous imiteriez le cas échéant. Ayez au moins le courage de votre opinion.

M. DE LANCY : Tâchons de nous entendre : à qui faites-vous le procès, à Valincourt ou à moi ?

MME DE VERLIÈRE : À vous, à lui, à votre sexe tout entier, à cette humiliante façon d'aimer qui nous met au rang des animaux de luxe, un peu avant les chiens de race et les chevaux de sang ; est-ce clair ?

Elle retourne s'asseoir dans la bergère, près de la cheminée.

M. DE LANCY *(se levant)* : Très clair. Toute femme qui se pique de délicatesse s'indigne d'être aimée pour sa beauté ; elle ne veut l'être que pour son âme, c'est connu.

MME DE VERLIÈRE : Prétention bien ridicule, n'est-ce pas ?

M. DE LANCY : Je ne dis pas cela ; mais, que voulez-vous ! l'homme est un être grossier à qui l'amour vient par les yeux.

MME DE VERLIÈRE : C'est ce que je lui reproche.

M. DE LANCY : Par malheur, c'est là une loi de nature à laquelle les deux sexes sont soumis, le vôtre comme le nôtre, malgré toute prétention contraire.

MME DE VERLIÈRE : Quelle infamie !

M. DE LANCY : Voyons, madame, la main sur la conscience : si vous aimiez quelqu'un et que ce quelqu'un vous arrivât un jour borgne ou manchot, est-ce que ce dégât ne jetterait pas un peu d'eau froide sur votre exaltation ?

MME DE VERLIÈRE : Que vous connaissez mal les femmes, mon pauvre ami ! Quand nous aimons un homme, sachez que nous ne le voyons qu'à travers son intelligence et son coeur. À peine savons-nous s'il est blond ou brun, et, devant ce dégât que vous dites, nous redoublons de tendresse pour le consoler et le rassurer.

M. DE LANCY : Pendant huit jours.

MME DE VERLIÈRE : Pendant toute la vie.

M. DE LANCY : Je voudrais, par curiosité, vous voir à cette épreuve.

MME DE VERLIÈRE : Si j'étais aussi sûre qu'il triomphera de celle que je lui prépare !

M. DE LANCY : Qui ?

MME DE VERLIÈRE : Celui que j'attends.

M. DE LANCY : Vous persistez donc à soutenir que vous attendez quelqu'un ?

MME DE VERLIÈRE *(se levant)* : Ce n'est pas pour autre chose que je suis... enfarinée. Je vais lui raconter que j'ai blanchi en son absence, que je suis réduite à me poudrer pour ne pas étaler des cheveux... Comment disiez-vous ? poivre...

M. DE LANCY : Et sel.

MME DE VERLIÈRE : Et sel. - Et, si je vois dans ses yeux la moindre hésitation, tout est rompu.

Elle passe à gauche.

M. DE LANCY : En êtes-vous sûre ?

MME DE VERLIÈRE : Je vous en fais serment.

M. DE LANCY : Alors, permettez-moi de ne pas désespérer encore.

MME DE VERLIÈRE : La rupture ne serait pas à votre profit. Je renoncerais au monde et m'irais enterrer à Verlière.

M. DE LANCY *(souriant)* : N'avez-vous pas quelque caveau d'ami, à Verlière ?

MME DE VERLIÈRE : Ne plaisantez pas, je vous en prie. Quand je songe au dé que je vais jouer...

M. DE LANCY : Pourquoi le jouer, alors ?

MME DE VERLIÈRE : Pourquoi Psyché a-t-elle allumé sa lampe ?

M. DE LANCY : Ô fille d'Ève ! - Me permettrez-vous, madame, si j'en ai le courage, de venir savoir le résultat de l'entrevue ? Car je tiens à conserver au moins les droits de l'amitié, si je n'en puis avoir d'autres.

MME DE VERLIÈRE : Voilà de bonnes paroles dont je me souviendrai quoi qu'il arrive. *(lui tendant la main)* Merci, mon ami.

UN DOMESTIQUE *(ouvrant la porte de gauche)* : Madame, M. de Mauléon est là.

M. DE LANCY *(à part)* : M. de Mauléon ?

MME DE VERLIÈRE : C'est bien ; j'y vais.

Le domestique sort.

M. DE LANCY *(très froid)* : C'est donc lui ? Que ne le disiez-vous tout d'abord ? Je me serais retiré sans souffler mot.

MME DE VERLIÈRE : Pourquoi devant lui plutôt que devant un autre ? Est-ce que vous le connaissez ?

M. DE LANCY *(prenant son chapeau sur la table)* : À peine. Je sais seulement qu'il est depuis deux ans consul quelque part, dans l'Inde.

MME DE VERLIÈRE : Eh bien ?

M. DE LANCY : Or, comme vous n'êtes veuve que depuis quatorze mois...

MME DE VERLIÈRE : Je l'ai aimé du vivant de mon mari ? Est-ce là ce que vous voulez dire ?

M. DE LANCY : Oubliez mon importunité, madame, et veuillez me croire toujours votre humble serviteur.

Il va jusqu'à la porte de droite.

MME DE VERLIÈRE : Monsieur de Lancy ! *(il s'arrête)* Je ne peux pourtant pas vous laisser croire ce qui n'est pas. Je tiens à votre estime.

M. DE LANCY *(sur la porte)* : Vous êtes trop bonne, madame ; mais on vous attend.

MME DE VERLIÈRE : En deux mots : c'est moi qui ai demandé au ministre la nomination de M. de Mauléon pour éloigner un danger avec lequel une honnête femme ne doit jamais jouer.

M. DE LANCY : Triple butor ! Vous avez bien raison de ne pas m'aimer, je ne vous mérite pas ! Je vous ai offensée bêtement.

MME DE VERLIÈRE : Oui, mais vous ne m'avez pas déplu. Votre mouvement du moins n'était pas banal. Il prouve que mon honneur vous tient au coeur.

M. DE LANCY *(descendant en scène)* : Votre bonheur aussi, soyez-en sûre.

MME DE VERLIÈRE : Je n'en doute pas.

M. DE LANCY : Alors, permettez-moi une simple question : Savez-vous qu'à peine installé dans son consulat, M. de Mauléon a recherché la fille d'un riche négociant ?

MME DE VERLIÈRE : Je le sais. - Après ?

M. DE LANCY : Puisque vous le savez, je n'ai plus rien à dire.

MME DE VERLIÈRE : Je n'étais pas libre, alors. Fallait-il que M. de Mauléon sacrifiât toute sa vie à un amour sans espoir ? Il n'a pas de fortune ; le mariage fait partie de sa carrière, et je suis bien sûre qu'il n'aurait pas manqué celui dont vous parlez s'il n'y avait pas apporté la nonchalance d'un coeur endolori.

M. DE LANCY : À la bonne heure. Vous avez des indulgences que je ne m'explique guère.

MME DE VERLIÈRE : Et vous, des sévérités que je m'explique trop bien.

M. DE LANCY : Je suis suspect de partialité, je l'avoue. Ah ! je donnerais gros pour être votre frère ou votre oncle pendant cinq minutes.

MME DE VERLIÈRE : Mais vous ne l'êtes pas.

M. DE LANCY : Aussi je me tais. - Adieu, madame ; soyez heureuse.

MME DE VERLIÈRE : Et moi, je veux que vous parliez ! Que signifient ces réticences à propos d'un homme que vous connaissez à peine ?

M. DE LANCY : À peine, mais à fond. J'ai été témoin de son adversaire dans un duel qui s'est arrangé sur le terrain, et je vous prie de croire que ce n'est pas nous qui avons mis les pouces.

MME DE VERLIÈRE : Témoin de M. de Saint-Jean ?

M. DE LANCY : Vous connaissez aussi cette affaire-là ?

MME DE VERLIÈRE : Parfaitement. Tous les torts étaient du côté de M. de Mauléon, mais il n'en voulait pas convenir et c'est moi seule qui ai obtenu de lui qu'il fît des excuses. Ce n'est pas la moindre marque d'amour qu'il m'ait donnée. J'en ai été si touchée, que c'est le moment où j'ai senti la nécessité de l'éloigner. Vous n'êtes pas heureux dans vos attaques, mon pauvre Lancy ; - mais vous avez raison, je le fais attendre. Adieu.

Elle sort.

SCÈNE 2 : M. DE LANCY, seul.

M. DE LANCY : Elle l'aime aveuglément, c'est clair, et voici ce qui va se passer : au premier mot de l'ingénieuse épreuve, le galant fait la grimace et la pauvre femme s'écrie en tremblant : « Rassurez-vous, ils sont toujours noirs comme du jais. » - Alors, qu'est-ce que j'attends ici ! Leur billet de faire part ? *(s'asseyant au coin du feu)* Quel semblant d'espoir me cloue à cette place ? Qu'on a de peine à se tenir pour battu ! - C'est vrai que cette cheminée fume encore... mais du diable si je la fais réparer ! C'est bien bon pour ce favori des dames... car c'est ici qu'il établira probablement son fumoir... au-dessus du mien. j'entendrai tout le jour le bruit insolent de ses bottes, les planchers sont si minces dans ces satanées maisons neuves ! *(il se lève)* Mais j'y pense... les deux appartements ont exactement la même distribution ! Et elle a encore celui-ci pour six mois ! Je vais avoir toute sa lune de miel sur la tête ! Un supplice de Tantale... très-perfectionné ! - Je n'ai qu'un parti à prendre, c'est de passer ces six mois-là dans mes terres. - Je n'ai pas de veine, il n'y avait qu'une femme au monde qui me convînt, elle en aime un autre ! C'est toujours comme ça ! - Bah ! je renonce au mariage. J'ai essayé de payer ma dette à la patrie ; on a refusé mon offrande, je la garde. - Oh ! les femmes ! dire qu'elle me préfère un pareil... un pareil quoi, en somme ? Il en vaut bien un autre. Ce n'est pas un brave à trois poils, voilà tout... et encore je n'en sais rien ! L'explication de madame de Verlière change bien les choses. - Allons, Lancy, aie le courage de t'avouer la vérité : tu as dénigré Mauléon par pur dépit. Eh bien, c'est pitoyable, ce que tu as fait là. Ce n'est pas d'un homme d'esprit, tu t'en moques bien, mais ce n'est pas d'un galant homme, et tu ne t'en moques pas. Voilà une jolie campagne, mon ami ! Tu en sors plus mécontent encore de toi que des autres... Va t'installer dans tes bois avec tes chiens et n'en bouge plus.

SCÈNE 3 : M. DE LANCY, à gauche, MME DE VERLIÈRE

Elle entre sans voir Lancy, traverse lentement le théâtre, jette en passant une carte de visite sur la table, et va s'asseoir dans la bergère.

M. DE LANCY *(à part)* : Elle !... cet air pensif...

Il tousse.

MME DE VERLIÈRE *(tournant la tête)* : Ah ! c'est vous ?

M. DE LANCY : Déjà ? Est-ce que par hasard M. de Mauléon...

MME DE VERLIÈRE *(d'un air préoccupé)* : Au contraire, il a été parfait. Pas une seconde d'hésitation. Il trouve même que les cheveux blancs me vont plutôt mieux.

M. DE LANCY : Et c'est pour cela qu'il a si vite pris congé ?

MME DE VERLIÈRE : C'est moi qui l'ai prié de me laisser un peu à moi-même. Il reviendra prendre le thé ce soir. Mais après une matinée si remplie, j'avais vraiment besoin de rassembler mes idées. Je suis bien aise de vous retrouver là.

M. DE LANCY : Et moi, je veux être pendu si je sais ce que j'y fais. Adieu, madame.

MME DE VERLIÈRE : Je ne vous renvoie pas... au contraire.

M. DE LANCY : Votre triomphe serait-il incomplet si je n'y assistais pas ?

MME DE VERLIÈRE : Mon triomphe !... Oui, je devrais être au comble de mes vœux, et pourtant... je suis presque triste.

M. DE LANCY : Une grande joie est aussi accablante, dit-on, qu'une grande douleur.

MME DE VERLIÈRE : Non, ce n'est pas cela ; c'est... c'est votre faute.

M. DE LANCY : À moi ?

MME DE VERLIÈRE : Tout ce que vous m'avez dit sur M. de Mauléon me revient et me trouble.

M. DE LANCY : Parbleu ! madame, j'en suis plus troublé que vous. Quand vous êtes rentrée, j'étais en train de faire mon examen de conscience et de me reprocher la légèreté de mes accusations.

MME DE VERLIÈRE : Vraiment ? Alors, remettez-moi l'esprit ; vous me rendrez un vrai service. Asseyez-vous. *(Lancy s'assied sur une chaise de l'autre côté de la cheminée, tournant à moitié le dos au public)* Je fais trop de cas de vous pour estimer en toute sécurité un homme qui n'aurait pas toute votre estime.

M. DE LANCY *(d'un ton résigné)* : Je n'ai aucune raison de la refuser à M. de Mauléon.

MME DE VERLIÈRE : Je respire. Ainsi ce mariage dans l'Inde... ?

M. DE LANCY : Vous le disiez vous-même, pouvait-il ... ?

MME DE VERLIÈRE *(vivement)* : Il ne s'agit pas de ce que j'ai pu dire, mais de ce que vous pensez. Déclarez-moi seulement que vous auriez agi comme M. de Mauléon, et cela me suffira.

M. DE LANCY : J'aurais agi comme lui.

MME DE VERLIÈRE : Au bout de trois mois ?

M. DE LANCY : Bah ! le temps ne fait rien à l'affaire.

MME DE VERLIÈRE : Pardonnez-moi ; de deux choses l'une : ou M. de Mauléon m'avait oubliée trop vite, ce qui serait peu chevaleresque...

M. DE LANCY : Son retour prouve le contraire.

MME DE VERLIÈRE : Ou, ce qui serait moins chevaleresque encore, il offrait à une jeune fille un coeur tout plein d'une autre.

M. DE LANCY : Ce n'est pas à vous de le lui reprocher. D'ailleurs, le courage lui a manqué au dernier moment, puisque le mariage n'a pas eu lieu.

MME DE VERLIÈRE : Est-ce bien lui qui a reculé ?

M. DE LANCY : Oh ! pour reculer

MME DE VERLIÈRE *(riant)* : Il est bon là, n'est-ce pas ?

M. DE LANCY : Ce n'est pas ce que je veux dire ! Au contraire. C'est le point sur lequel j'ai le plus à cœur de lui faire réparation.

MME DE VERLIÈRE : Son duel vous avait pourtant laissé une pauvre idée de lui.

M. DE LANCY : Parce que j'ignorais qu'il agissait par vos ordres. Mais, diantre ! c'est bien différent, et je suis maintenant de votre avis.

MME DE VERLIÈRE *(agacée)* : J'en suis charmée. Ainsi, mon cher ami, si je vous ordonnais de faire des excuses sur le terrain, vous en feriez ?

M. DE LANCY : Certainement.

MME DE VERLIÈRE : Mais vous exposeriez-vous à recevoir de pareils ordres ? Viendriez-vous, la veille d'un duel, m'annoncer que vous vous battez ?

M. DE LANCY : Mon Dieu, madame, je voudrais bien m'en aller.

MME DE VERLIÈRE : Non, non, répondez... je vous en prie.

M. DE LANCY *(avec embarras)* : M. de Mauléon a eu la langue un peu légère, j'en conviens ; il voulait peut-être se parer à vos yeux du danger qu'il allait courir, ce n'est pas un crime ; mais je ne puis admettre qu'il cherchât un biais pour s'y soustraire.

MME DE VERLIÈRE : Il devait pourtant prévoir ce qui arriverait.

M. DE LANCY *(cherchant ses mots)* : Eh bien, il allait sans doute au-devant du plus grand sacrifice qu'un homme puisse faire à une femme... Il y a des gens comme cela, dont la passion recherche les cilices.

MME DE VERLIÈRE : Le croyez-vous si passionné ?

M. DE LANCY : Dame ! vous venez de le soumettre à une épreuve concluante.

MME DE VERLIÈRE : Concluante ? Vous trouvez ?

M. DE LANCY : Sans doute.

MME DE VERLIÈRE : Tâchez donc d'avoir une opinion à vous, mon pauvre Lancy. Vous tournez comme une girouette.

M. DE LANCY : Où voyez-vous cela ?

MME DE VERLIÈRE : Est-ce votre avis, oui ou non, que les hommes ont une façon d'aimer... très-différente de la nôtre, je le maintiens, mais qu'ils n'en ont qu'une ?

M. DE LANCY : Oh ! moi... vous savez bien que je suis un brutal.

MME DE VERLIÈRE *(se levant)* : Mais tous les hommes le sont plus ou moins, et s'ils n'ont en effet qu'une façon d'aimer, et si M. de Mauléon ne m'aime pas de cette façon-là, il ne m'aime pas du tout ; soyez logique.

M. DE LANCY : Vous allez vite en besogne !

MME DE VERLIÈRE *(se regardant dans la glace)* : N'est-ce pas aussi une chose bien surprenante que cette complète indifférence à ma... Comment dirai-je ?

M. DE LANCY : À votre beauté.

MME DE VERLIÈRE : Oui. Si j'ai quelque chose de passable, c'est ma chevelure. On dirait qu'il ne s'en est jamais aperçu.

M. DE LANCY *(souriant)* : Il aime votre âme.

MME DE VERLIÈRE : Ne plaisantez donc pas. - Et, s'il ne m'aime pas, en effet, voyez à quelle horrible supposition je suis réduite.

M. DE LANCY : Laquelle ?

MME DE VERLIÈRE *(se rasseyant en face de Lancy)* : Vous ne voulez rien comprendre aujourd'hui ! Ne vous ai-je pas dit qu'il est sans fortune ?

M. DE LANCY : Vous lui faites injure.

MME DE VERLIÈRE : Mon Dieu ! toutes mes idées se brouillent. Qui me tirera d'anxiété ? Mon cher Lancy, vous regrettiez de ne pas être mon frère ; supposez que vous l'êtes, et donnez-moi un conseil, je vous en prie.

M. DE LANCY : Mon conseil serait trop intéressé.

MME DE VERLIÈRE : Non ! Vous êtes la loyauté même ; je vous obéirai aveuglément.

M. DE LANCY : Je vous conseille de m'épouser.

MME DE VERLIÈRE : Ce n'est pas ce que je vous demande.

M. DE LANCY : C'est pourtant tout ce que je peux vous dire.

MME DE VERLIÈRE : En votre âme et conscience, croyez-vous qu'il m'aime ?

M. DE LANCY : Je vous aime trop moi-même pour en douter.

MME DE VERLIÈRE *(se levant avec impatience, traverse la scène jusqu'à la table, puis, revenant à Lancy, d'un ton résolu)* : Eh bien, s'il m'aime, tant pis pour lui, car je ne l'épouserai certainement pas. Désolée de vous contrarier...

M. DE LANCY *(se levant)* : Le pensez-vous ? - Je suis le plus heureux des hommes !

MME DE VERLIÈRE : Vous avez bien tort, mon pauvre Lancy, car je ne vous en épouserai pas davantage. Le veuvage ne me pèse pas à ce point. Si voulez rester mon ami, bien ; sinon...

M. DE LANCY : Je le veux ! C'est déjà une commutation de peine. - Mais, si je ne suis pour rien dans ce revirement inespéré, qu'est-ce donc que vous a fait Mauléon ?

MME DE VERLIÈRE : Je vous ai tout dit.

M. DE LANCY : Tout ? Il n'y a pas de post-scriptum ? Les femmes en ont toujours un.

MME DE VERLIÈRE : Pas l'ombre. *(elle s'assied à gauche de la table)* - Maintenant, comment faire pour me dégager ? Je ne vous consulte pas, car vous êtes détestable aujourd'hui.

M. DE LANCY : Une femme a toujours le droit de reprendre sa parole.

MME DE VERLIÈRE : Je ne lui ai jamais donné la mienne.

M. DE LANCY : Pas même tout à l'heure ?

MME DE VERLIÈRE : Non. Je ne sais par quelle prudence instinctive, j'ai éludé sur ce point.

M. DE LANCY *(debout de l'autre côté de la table)* : Rien de plus simple : il vient prendre le thé ce soir...

MME DE VERLIÈRE : C'est que je voudrais bien qu'il ne vint pas.

M. DE LANCY : Alors, écrivez-lui.

MME DE VERLIÈRE : Je ne lui ai déjà que trop écrit.

M. DE LANCY : Il a des lettres de vous ?

MME DE VERLIÈRE : Oh ! pas beaucoup, et pas bien compromettantes ; vous pourriez les lire ; des lettres de veuve... mais enfin des lettres.

M. DE LANCY : Renvoyez-lui les siennes, il vous renverra les vôtres.

MME DE VERLIÈRE : Et s'il ne les renvoie pas ?

M. DE LANCY : N'avez-vous pas quelque ami qui se chargerait volontiers de la négociation ? Je crois qu'avec un peu de diplomatie...

MME DE VERLIÈRE : C'est que vous me faites l'effet d'un pauvre diplomate, mon ami.

M. DE LANCY : Vous ne me connaissez pas.

MME DE VERLIÈRE : Comment vous y prendriez-vous ?

M. DE LANCY : Je lui dirais : « Monsieur, voici vos lettres à madame de Verlière ; je suis chargé de lui rapporter les siennes. »

MME DE VERLIÈRE : Oui, regardez-le avec ces yeux-là ; je crois qu'il n'aura rien à répliquer. *(fouillant dans le tiroir de la table)* Voici sa correspondance.

M. DE LANCY : Où demeure-t-il ?

MME DE VERLIÈRE : Il m'a laissé sa carte.

Elle la lui montre sur la table.

M. DE LANCY *(prend la carte, fait quelques pas vers la porte, et se retournant)* : Quand vous reverrai-je ?

MME DE VERLIÈRE : Voulez-vous prendre le thé avec moi ?

M. DE LANCY *(saluant)* : Volontiers. *(à part, en s'en allant)* Le thé de Mauléon... C'est toujours un avancement d'hoirie.

MME DE VERLIÈRE *(tout en arrangeant le tiroir)* : Ah ! j'oubliais ce médaillon. *(elle se lève et tend un petit écrin à Lancy)* Joignez-le au reste.

M. DE LANCY : Un portrait ?

MME DE VERLIÈRE : Non... des cheveux qu'il s'était avisé de m'envoyer de là-bas. Il ne sera pas fâché de les retrouver ici.

M. DE LANCY : Est-ce qu'il n'en a plus ?

MME DE VERLIÈRE : Chauve comme la main !

M. DE LANCY *(à part)* : Voilà le post-scriptum.

Il sort. - La toile tombe.

FIN